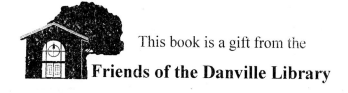

Coordinación editorial: Mª Carmen Díaz-Villarejo
Diseño de colección: Gerardo Domínguez
Maquetación: Silvia Pasteris

© Del texto y las ilustraciones: Mikel Valverde, 2008
© Macmillan Iberia, S. A., 2008
c/ Príncipe de Vergara, 36 - 6º dcha. 28001 Madrid (ESPAÑA)
Teléfono: (+34) 91 524 94 20

www.macmillan-lij.es

ISBN 978-84-7942-262-2
Impreso en China / *Printed in China*

GRUPO MACMILLAN: www.grupomacmillan.com

Este libro pertenece a:

....

....

Mikel Valverde

Rita Robinson

MACMILLAN
Infantil y Juvenil

La gasolinera tenía varios surtidores y una pequeña tienda, nada más.

—Se agradecen unos días de vacaciones en la playa, ¿verdad? –comentó el empleado.

—Sí, así es –respondió con una sonrisa Mónica, la madre de Rita.

—¿Vienen de lejos?

—Sí, del norte; pero ya nos queda poco, vamos a la costa de Cádiz.

—Vaya, ustedes también. En las dos últimas semanas no ha parado de pasar gente que se dirigía allí. Los hoteles y apartamentos estarán llenos.

—Nosotros vamos a un *camping*, nos gusta más.

Al escuchar esto, Rita, que se encontraba detrás de su madre, comenzó a mover las manos haciendo un gesto de negación.

—Compraré también una botella de agua y unas galletas –añadió Mónica.

—Tengo de coco y de chocolate, ¿cuáles prefiere?

Ahora Rita gesticulaba con los brazos haciendo grandes aspavientos mientras su cara era el reflejo de la más pura súplica.

Su madre la miró de reojo, pero ella no articulaba palabra y seguía haciendo aspavientos.

—Me llevaré las de coco, son las que más le gustan a mi hijo –dijo Mónica y pagó todo.

Una vez que Martín y Óscar, el padre
y el hermano pequeño de Rita, salieron de los aseos,
toda la familia abandonó la tienda.

—Que tengan un buen viaje y pasen unas
felices vacaciones –se despidió el empleado de la
gasolinera mientras pensaba: "Qué niña más rara,
utiliza un lenguaje de signos muy extraño.
No sé si es muda, pero desde luego, yo nunca
había visto nada igual".

Iban de nuevo por la autovía.

—¿Quién quiere una galleta? –preguntó
Mónica.

Rita levantó la mano rápidamente, tenía
mucha hambre; tanta que incluso estaba dispuesta
a comerse una galleta de coco.

—El que quiera una galleta que la pida –dijo
su madre.

Rita insistió con el gesto y dijo algo parecido a: "Mmmmmmmmmnmmm...".

—Las galletas son para el que hable como las personas –sentenció Mónica.

—Yo quiero una –dijo alegre Óscar.

—Y yo, si me la partes –añadió Martín, que conducía en ese momento.

Rita se reclinó en el asiento con cara de enfado. La misma expresión que no había abandonado desde el día en que sus padres le dijeron que pasarían las vacaciones de verano en un *camping* junto a unos amigos. Y el mismo enfado que se había acentuado al montarse en el coche por la mañana. Por eso les había hecho aquella advertencia:

—Está bien, iré al *camping*, pero no voy a hablar en todas las vacaciones, os aviso.

Esa es la promesa que había hecho. Y la había cumplido durante todo el trayecto.

Pero ahora estaba hambrienta y las galletas pasaban de los asientos delanteros a la silla de su hermano por debajo de su nariz.

Y su nariz olía las galletas, y su estómago hacía unos ruidos que parecían lamentos.

Rita hizo un esfuerzo. Quería mantener su promesa, pero aquella hambre que tenía, aquellas galletas y aquellos lamentos…

—Vale, mamá, ¿me das una, por favor?

—Toma, y procura ser más agradable con la gente. Vamos a convivir varios días con otras

personas y no es muy divertido estar con una niña
que siempre pone caras largas –le dijo su madre
mientras le ofrecía dos galletas.

—Pues para mí tampoco es nada divertido ir
de vacaciones con gente que no conozco.

—Rita, ya hemos hablado de esto –intervino
su padre.

»Estas personas son nuestros amigos;
hace años se fueron a vivir a otras ciudades y no los
vemos muy a menudo. Las nuevas compañías y el
contacto con la naturaleza serán buenos para todos.

—Para mí no, yo no soporto los *camping*.

—Pero si no has estado nunca –comentó
sorprendida su madre.

—Claro que no, pero no me hace falta haber
estado para saber que dormir en un saco sobre una
colchoneta y rodeada de bichos es horrible, y que
vivir en una tienda de campaña es espantoso. Vamos
a un lugar inhumano.

—Pues va a estar lleno de personas; nosotros
conseguimos la última plaza –le respondió divertido
su padre, mirándola por el espejo retrovisor.

—Pero ¿qué vamos a hacer si llueve?
¿Y cómo vamos a vivir sin sofá, ni televisión, ni
películas…? ¿Qué va a ser de nosotros? –dijo Rita–.
Regresemos. Papá, mamá, aún estamos a tiempo.
Alquilad un apartamento o, si no, quedémonos
en casa, tranquilitos. Por favor, no creo que pueda
soportarlo. Yo soy una moderna chica de ciudad.
Si voy allí será mi fin.

—No seas exagerada –comentó su padre.

—Vale, veo que no os importa lo que me pase
–farfulló Rita volviendo a poner gesto de enfado una
vez que se hubo comido las galletas.

—Ya está bien, hemos tomado una decisión
que creemos es la más adecuada para todos.
No tengas tantos prejuicios ni pienses tanto y
disfruta del momento, Rita. Y no pongas esa cara,
que te van a salir arrugas –concluyó Mónica.

—Me da igual tener arrugas y ser fea. Total,
no me queda mucho de vida –dijo Rita de forma
teatral.

Su madre no pudo evitar un suspiro.

No tardaron en llegar a un pequeño pueblo cerca de la costa. Allí los esperaban los amigos de sus padres.

Eran tres hombres, dos mujeres y varios chiquillos.

Charo, una chica morena, y Kevin, un tipo alto y rubio, componían la primera pareja. La otra la formaban Roberto y Leire. El amigo que los acompañaba se llamada Ernesto.

A su alrededor jugaban divertidos varios niños pequeños.

Se saludaron con abrazos y muestras de cariño. Hacía tiempo que no se veían, pero seguían siendo los amigos de siempre.

Cuando les presentaron a Óscar y a Rita, todos los acogieron con afecto. La timidez había sustituido al enfado y Rita había abandonado la cara de malhumor.

Montaron en los coches y en unos minutos llegaron a la entrada del *camping* "Camaleón Rojo".

Tras firmar en el registro de recepción, su madre se acercó a ella y le dijo firmemente mientras la miraba sin parpadear:

—Rita, pasaremos aquí tres semanas; admito que tal vez no te guste este plan, pero a veces los demás también hacemos cosas que te gustan a ti y, sin embargo, no son de nuestro agrado. Pórtate bien, no te lo repetiré.

Había visto muy pocas veces a su madre como en aquella ocasión y sin duda eso significaba que lo mejor era hacerle caso.

El *camping* se encontraba en un pinar, no muy lejos de la playa.

Pronto llegaron al lugar donde estaban situadas sus tiendas.

Eran grandes, de tamaño familiar, y estaban montadas en una parcela bastante amplia formando un semicírculo, en medio del cual habían colocado una gran mesa.

—Hemos dejado la cena lista, solo tenemos que calentarla –dijo Charo mientras iba colocando las sillas plegables.

—¡Qué maravilla, cenar al aire libre, esto es la gloria! –exclamó un risueño Martín. Rita se sentó resignada en una de las sillas.

—Pero ¿qué haces Rita, por qué te sientas? –le dijo su padre con su animoso espíritu campestre–. Vamos, ayúdame a montar la tienda.

Pero su hija no se movió. A su desesperación se unía ahora una espantosa sorpresa: nunca había visto así a su padre; no se imaginaba que le hiciera tan feliz estar rodeado de árboles y de bichos. Todo aquello le encantaba, no había duda.

—Deja, ya te ayudo yo –intervino Kevin–. La pobre Rita tiene mala cara; el viaje ha sido muy largo, ¿verdad?

—Sí, muy duro, durísimo –le contestó Rita.

Con la ayuda de Kevin y Leire, Martín montó la tienda mientras los demás preparaban la mesa.

Pronto Rita y los demás miembros de su familia estaban integrados en aquella pequeña comunidad.

El grupo compuesto por sus padres, sus amigos y los niños era alegre y, sobre todo, muy activo.

Apenas pasaban tiempo en el *camping*, pues no paraban de organizar excursiones durante el día, para regresar a la hora de cenar.

Con Martín a la cabeza, unos días iban a la playa y otros a pasear por la montaña o a conocer algún pueblo de los alrededores.

Rita solía permanecer apartada.

No le gustaban aquellas vacaciones. Siempre encontraba alguna excusa para no ir a la playa ni a las excursiones, y pasaba la mayor parte del tiempo sola en el *camping*. Prefería aislarse y no relacionarse con nadie: era su forma de protestar.

Allí leía un poco, hacía los ejercicios de los cuadernos de verano, y, sobre todo, paseaba en soledad por el *camping* vacío; pues el resto de sus ocupantes también lo abandonaba durante el día.

Aquella niña que había estado en el Polo Norte jugándose la vida y que había sobrevivido en el desierto del lejano Egipto, se sentía ahora perdida y extraña.

En su cabeza había imaginado unas vacaciones cómodas y llenas de *glamour*, como había oído alguna vez que debían de ser las vacaciones de verano en la playa. Y aquella idea había germinado tan fuerte en su mente, que ahora era incapaz de abandonarla.

Una mañana que se había quedado en el *camping* con la excusa de un dolor de tripa, sus pies la llevaron en uno de sus paseos hasta la caseta del guarda.

La caseta estaba vacía, la ventana permanecía abierta y a Rita, que seguía aburrida, no se le ocurrió otra cosa que mirar en el interior.

—¿Buscas algo? –le preguntó una voz a su espalda.

—Eeeh, no, nada, pasaba por aquí y he echado un vistazo.

—Ya, tú formas parte del grupo de familias de las cuatro tiendas, ¿verdad? –le preguntó el guarda.

—Sí, son mis padres y unos amigos suyos.

—Pues ellos salen todos los días de excursión, y tú en cambio siempre estás sola.

—Es que me suele doler la tripa y prefiero quedarme, por precaución. Nunca se sabe lo que la tripa de uno puede encontrarse ahí fuera.

—Vaya, pues no tienes cara de enferma.

—Lo mismo me dice el médico cuando tengo 45° de fiebre y viene a visitarme a casa –dijo Rita en tono confidencial.

—Ya, parece que no te gusta mucho esto, ¿no?

—Pseeeeee, a mí me gusta otro tipo de vacaciones.

—Yo también paso mucho tiempo solo, por mi trabajo. Pero para no aburrirme acostumbro a leer. Mira lo que estoy leyendo –dijo el guarda tomando un libro del interior de la caseta.

—Vaya, es un poco gordo. ¿Cómo se titula?

—*Las aventuras de Robinson Crusoe.*

—No me suena.

—Lo escribió Daniel Defoe hace cientos de años, pero sigue siendo una historia de aventuras apasionante.

Rita miró al guarda con gesto de vivo interés y este continuó hablando:

—Robinson Crusoe era un hombre al que no le gustaba la vida tranquila. Por eso, un día se embarcó. Pero su barco naufragó y él fue el único superviviente.

»Por fortuna las olas le arrastraron hacia una isla desierta. Al principio Robinson lo pasó mal, se sentía muy solo y nunca se había imaginado que pudiera llegar a estar en una situación como aquella. Sin embargo, gracias a su ingenio pudo sobrevivir durante mucho tiempo en la isla.

—Vaya... –Rita escuchó con mucha atención la historia de Robinson Crusoe, nunca había oído nada semejante.

—Si te apetece leerlo, te lo puedo dejar. Me queda muy poco para terminarlo.

En ese momento la niña oyó la voz de su padre, que se aproximaba cantando.

El grupo de amigos regresaba de la excursión.

—Me tengo que ir. Me encantará poder leer el libro de Robinson. Por cierto, me llamo Rita.

—Yo me llamo Darío —le dijo el guarda mientras la niña se alejaba. Antes de que desapareciera por la hilera de tiendas, el guarda recordó algo—: Rita, mañana se celebra una fiesta de disfraces en el *camping*. Tal vez eso sí sea de tu gusto. Será por la noche.

Darío había acertado, y mucho más de lo que él mismo hubiera imaginado.

Aquella charla había sacado a Rita del absurdo estado de abatimiento en que se había sumido por su cabezonería.

Sí, el guarda tenía razón: la soledad no era buena. Al fin y al cabo, en todos los sitios se pueden encontrar cosas de las que disfrutar; solo hay que descubrirlas. Ella misma había encontrado una buena compañía donde menos lo esperaba. Tenía que leer ese libro... y también estaba la fiesta de disfraces.

Rita volvía a tener ilusión y energía.

Y sus padres lo notaron al instante, en cuanto observaron su forma de andar alegre mientras se acercaba.

—¡Mañana hay una fiesta de disfraces en el *camping*! –exclamó al reunirse con ellos–. ¿Podremos ir?

Su madre la miró sin poder disimular la alegría por verla animada.

—Si a los demás les parece bien… –dijo.

—Tendremos que encontrar disfraces… –añadió su padre.

—¡Sííí, vamos a la fiesta! –gritaron a coro Óscar y el resto de los niños, que se habían hecho muy amigos.

A todos les pareció una idea estupenda y Leire comentó que en un pueblo de la costa había visto una tienda donde vendían disfraces a buen precio.

—He oído decir que hay un gran crucero atracado en el puerto y que se puede visitar. Podemos aprovechar e ir a verlo después de comprar los disfraces –intervino Ernesto.

De nuevo, todos aprobaron la idea por unanimidad, incluida Rita.

Por fin se sentía una más dentro del grupo, y por primera vez compartía el tiempo con los demás.

La cena le supo más rica, el agua más fresca y el colacao y las galletas más dulces.

Luego disfrutó escuchando las historias que contaban aquellos amigos después de la cena;

aunque fueron ellos, sobre todo los mayores, los que se quedaron aún más impresionados cuando Rita les contó alguna de sus aventuras.

Aquella noche la tienda de campaña le pareció más acogedora que una *suite* de un hotel, y el saco, un lecho agradable y cómodo.

Rita se sentía feliz y se quedó dormida deseando que las vacaciones duraran mucho tiempo.

Lo que no podía imaginarse era que el destino burlón y caprichoso tenía reservado para ella otros planes.

Al día siguiente, por primera vez desde que llegaron, el grupo entero salió junto.

Mientras parte de ellos se dirigía a hacer unas compras necesarias para el campamento, otros fueron en busca de los disfraces.

Rita escogió uno de Batman.

Luego comieron y por la tarde fueron a visitar el crucero que, tal como había dicho Ernesto, se hallaba en el puerto.

Era muy grande. Allí debía caber mucha gente y muchas cosas, pensó Rita. Nunca había visto un barco de ese tamaño.

—Los cruceros navegan de noche y llegan a puerto por la mañana; así los pasajeros tienen oportunidad de cenar y descansar tranquilamente en el barco, y de día se dedican a conocer sitios nuevos –comentó Roberto.

En la cubierta del barco los recibieron varios marineros que se encargaban de guiar a los diferentes grupos de visitantes.

—Or-ga-ni-za-ción –decía Martín, el padre de Rita–. Quien quiera ir a hacer el recorrido por la sala de máquinas y camarotes que venga con nuestro grupo; los que vayan a las piscinas y a las cubiertas, con el de Leire, y los que quieran visitar los cines, restaurantes y zonas de recreo, con Kevin.

—Yo voy con el grupo de Leire –decían unos.

—Yo, con el de Kevin –añadían otros.

—Vaaale, pues entonces yo también con el de Kevin –dijo alguien.

—¿Por qué no venís con el de Martín? –intervino otra persona.

Aquello se convirtió en un verdadero lío.

Finalmente se repartieron en los diferentes grupos y cada cual pudo hacer la visita que más le apetecía.

Rita fue con el grupo de Kevin, en el que también iban Roberto y dos de los hijos de Ernesto, además de otros turistas.

El barco tenía varias cubiertas y había un montón de escaleras. Y como cargaba con algunas bolsas, Rita buscó un sitio donde poder dejar aquellos bultos.

Intentó pedir ayuda al marinero que hacía de guía, pero este estaba muy ocupado respondiendo a una señora que no paraba de hacerle preguntas.

Cuando la niña vio un bote salvavidas, sujeto por varios cabos y cadenas y tapado con una lona, pensó que aquel era el sitio ideal.

Así que levantó un lateral de la tela y dejó allí las bolsas.

Luego, se unió de nuevo al grupo.

A Rita le gustó mucho la visita. En aquel crucero había varios restaurantes, discotecas y gimnasios; y también varias salas de cine en las que se proyectaban películas gratis a todas horas.

El tiempo pasó veloz y a última hora de la tarde se oyó por los altavoces: "Por favor, rogamos a todos los visitantes del crucero que abandonen el barco. Repetimos: rogamos a todos los visitantes que abandonen el barco".

El marinero que hacía de guía llevó al grupo hacia la salida, pues en media hora la nave zarparía rumbo a un nuevo destino.

Sin embargo, para sorpresa de Rita, aquel marinero estaba conduciendo al grupo por un camino diferente al recorrido durante la visita.

Eso significaba que no pasarían cerca del bote salvavidas donde ella había dejado las bolsas con las compras.

Tenía que recogerlas, aún quedaba media hora para que zarpara el barco y creía recordar el camino.

Disimuladamente y sin que nadie se diera cuenta, dio media vuelta y, corriendo, fue a buscar el bote.

Pero el barco era muy grande y los diferentes pasillos y cubiertas se parecían mucho; aquello era un laberinto.

"Atención a todos los pasajeros, zarparemos en quince minutos. Rogamos que los últimos visitantes abandonen el barco. Repetimos: Aten…", volvió a oírse por los altavoces del barco.

Rita corría, pero ahora los pasajeros habían regresado de las excursiones y llenaban los pasillos, y eso obstaculizaba su carrera contrarreloj.

—Niña, ten más cuidado –le dijo una señora.

—Perdón –respondió Rita.

—Por favor, qué forma de correr por un barco –comentó un señor.

—Es que tengo mucha prisa, lo siento –se disculpó ella.

—No deberían dejar subir en un crucero a niñas así –opinó una señora con voz de cacatúa.

Rita no contestó e intentó mantener la calma cuando escuchó:

"Atención, zarparemos en cinco minutos; tres minutos para la retirada de la pasarela. Repetimos…"

Tenía muy poco tiempo, pero había llegado a un lugar del barco que creía recordar; el bote no debía de estar lejos.

Hizo un último esfuerzo: nunca había corrido tan rápido.

Finalmente lo vio: estaba al otro lado de la cubierta.

Apenas quedaba tiempo. De un salto, apoyándose en una caja, se encaramó a uno de los lados del bote y descubrió un pequeño trozo de la lona que lo cubría.

Las bolsas estaban allí, aunque se encontraban al fondo de la barca. Rita estiró el brazo, pero era imposible: a pesar de sus esfuerzos, no alcanzaba a tocar las bolsas.

Lo intentó de nuevo: nada.

Probó una tercera vez. Pero al empinarse más, descuidó de tal modo el único punto de apoyo que tenía, que perdió el equilibrio y cayó de cabeza en el fondo del bote. Rita vio estrellas, además de pajaritos y cacatúas volando a su alrededor; incluso creyó escuchar una sirena, pero no sabía si aquello era real o producto de una alucinación, porque estaba a punto de perder el conocimiento.

Los padres de Rita se taparon los oídos al escuchar la sirena del barco. Habían bajado del transatlántico hacía ya un rato y, junto a los demás, estaban esperando en el aparcamiento a Kevin y a Roberto, que habían avisado por teléfono de que iban a comprar unos helados con los niños.

Pronto estuvieron de regreso.

—De acuerdo, expedición, volvamos
al campamento –dijo Martín sin perder el humor.

—¿Qué ocurre, Mónica? pareces preocupada
–le preguntó Charo.

—No sé…, es que tengo la sensación de que
se me ha olvidado algo –respondió ella inquieta.

—Pues a mí me parece que aquí faltan algunas
bolsas –dijo Ernesto.

—Las tendrá Rita –comentó Roberto.

Mónica sintió una especie de sacudida.

—¡¡¡¡Rita!!!!

—¿Qué ocurre? ¿Qué ha hecho ahora?
–preguntó Martín.

—¡¡Rita no está aquí!! –dijo casi gritando
Mónica.

—Pero ¿no había ido con Leire a las
piscinas…? –preguntó Roberto.

—No, yo creo que estaba con Ernesto viendo
la sala de máquinas –intervino Leire.

—Se fue con Kevin y Roberto a ver los cines –dijo Charo, muy asustada también.

Oyeron nuevamente la potente sirena. El crucero abandonaba el puerto y se despedía definitivamente de los habitantes de la costa.

—¡Seguro que está en el barco! –gritó Martín. Y se dirigieron a la carrera en busca de las autoridades portuarias.

Rita también creyó oír por segunda vez la sirena, pero aún estaba aturdida por el golpe y no tuvo fuerzas para reaccionar.

Fue un poco más tarde, al escuchar algo por los altavoces del barco, cuando recuperó la consciencia.

"Atención a toda la tripulación: una niña que formaba parte del grupo de visitantes del crucero se ha extraviado y ha quedado a bordo. Es morena, bajita y lleva un peinado raro. Búsquenla y cuando la encuentren, llévenla a presencia del capitán. Repito…"

—¡Yo no soy bajita, ni tengo el peinado raro! –gritó Rita.

Nadie la escuchó y el altavoz siguió repitiendo una y otra vez el mensaje.

De muy mal humor, Rita bajó de la barca por la parte de popa, en el preciso instante en el que un marinero levantaba la lona que la cubría por la parte de proa.

—Marinero, ¿está ahí? –le preguntó un oficial.

—No, señor. Pero los cabos que sujetan el bote están en mal estado y las cadenas rotas.

—De acuerdo, las cambiaremos en cuanto encontremos a la niña.

La marinería buscaba a Rita por todo el barco, y lo mismo hacía ella en sentido contrario, pero no lograban coincidir. En el momento en que Rita bajaba de la segunda a la primera cubierta, por el lado de babor, varios marineros subían por el lado de estribor.

Y justo cuando Rita abandonaba un lugar por una puerta, los marineros accedían a él por la otra.

En lo que todas las personas que estaban a bordo sí coincidieron, fue en sentir un estremecimiento cuando escucharon de nuevo la voz metálica que salía por los altavoces:

"Atención, se acerca una gran tempestad por el oeste. Que toda la tripulación se dirija a sus puestos inmediatamente. Señores pasajeros, permanezcan en sus camarotes hasta nuevo aviso".

Los pasillos se llenaron de gente que corría de un lado a otro.

En medio de la confusión, Rita vio por fin a varios miembros de la tripulación.

—Oiga, yo soy la niña que estaban buscando –intentó decirles a todos los que pasaban a su lado.

Pero apenas podía hacerse escuchar entre aquel jaleo.

Los pasajeros estaban muy asustados y en la cara de los tripulantes se manifestaba una gran tensión.

—Vamos, vamos, rápido, todos a sus camarotes –gritaba uno de los oficiales en la tercera cubierta.

Rita, que estaba un piso más abajo, intentó llamar su atención y le chilló:

—¡Oigaaa, yo soy la niña que se ha perdidooo!

Pero el oficial no llegaba a oír lo que decía. Se había levantado un fuerte viento y el oleaje comenzaba a hacerse notar: la tormenta se les echaba encima.

—¡Vuelve a tu camaroteeee! –le gritó el hombre.

Pero Rita no tenía camarote al que regresar.

Subió a la tercera cubierta, pero el oficial ya no se encontraba allí. Todo estaba desierto y las puertas y escotillas del barco, bien cerradas.

Ella también tenía que buscar un lugar donde refugiarse. Las olas eran ya muy grandes y el viento soplaba con fuerza. Agarrándose a las barandillas, Rita intentó llegar al bote donde había dejado las bolsas.

A veces las olas barrían la cubierta y Rita, empapada y apretando los dientes, avanzaba paso a paso. Con gran esfuerzo, llegó al bote y pudo resguardarse.

"¡Uf!, espero que la tormenta no dure mucho. Al menos ya ha pasado lo peor", se dijo, pero esta vez también se equivocaba.

El bote salvavidas se movía de forma brusca, zarandeado por el vendaval, y los cabos y las cadenas que lo sujetaban terminaron por ceder y romperse.

Por suerte, la barcaza no volcó. Cayó limpiamente sobre la superficie crispada del mar y quedó a la deriva en medio del oleaje.

Rita se dio cuenta de cuanto ocurría; levantó como pudo el toldo y miró fuera: la barca sufría las sacudidas violentas de las olas, y con cada golpe de mar el crucero se alejaba de ella.

Intentó gritar y pedir auxilio, pero sabía que era muy difícil que alguien pudiera oírla en medio de la tempestad. Ahora estaba a merced de la tormenta y de aquel mar embravecido.

Rita se acurrucó en una esquina del bote y, a pesar del oleaje, no tardó mucho en quedarse dormida. Cuando abrió uno de sus ojos, todo era oscuridad a su alrededor, aunque un rayo de sol entraba por alguna parte. Cerró de nuevo el ojo.

Luego, abrió los dos, poco a poco. La luz se colaba por un trocito roto de lona.

Miró a su alrededor y vio las bolsas y los remos: seguía en el bote, pero ahora la embarcación no se movía.

Rita se incorporó y levantó la lona. La barca estaba varada en una playa.

—¡La tormenta me ha llevado de nuevo a tierra! –dijo con alegría mientras desembarcaba de un salto.

Recorrió la playa, que formaba una pequeña ensenada donde desembocaba un río.

El sitio era muy bonito, pero no encontró a nadie por allí.

—En cuanto vea a alguien, le pediré que me deje hacer una llamada con el móvil a mis padres para que vengan a recogerme.

Una tupida vegetación rodeaba la playa y había muchas palmeras.

Rita intentó buscar una casa o un lugar habitado alrededor, ya que parecía que esa mañana la gente había decidido no ir a la playa. Vio varias aves de colores y largos picos como no había visto nunca, pero no encontró a nadie.

—Esto es un poco raro –se dijo–. En fin, tal vez se trate de un lugar de la costa escondido entre montañas y al que sea difícil acceder.

Sin embargo, apenas subía pendientes en su caminar, salvo unas suaves colinas.

Las horas pasaban y Rita tuvo que cesar la búsqueda y descansar. El sol estaba alto y hacía calor, mucho más calor del que había sentido los días anteriores.

Se sentó a la sombra de un árbol. Aquello era realmente extraño. Rita sentía algo dentro; no sabía si era una inquietud o una intuición, o tal vez las dos cosas.

Cuando cesó el calor, continuó andando. Atravesó un pequeño riachuelo y un bosque. Ahora una sensación clara y concisa se abría paso en su interior: era un temor, y además doble.

Siguió por un estrecho sendero ascendente y subió una montaña, que parecía el sitio más alto de

la zona. Desde allí podría hacerse
una idea de dónde estaba. Al fin llegó
a la cumbre. Ante ella se extendía
una pequeña franja de terreno y, más allá,
el mar. Lo mismo vio cuando se giró
y miró a su espalda.

Se había cumplido su terrible temor:
estaba en una isla y parecía desierta.

—Como Robinson Crusoe
–se dijo a sí misma.

Era tarde y Rita pensó que lo mejor era regresar a la barca para pasar la noche. No sabía si por allí habría bestias salvajes.

Descendió a toda velocidad y, como sus ropas se habían desgarrado y enganchado en las zarzas, encontró suficientes pistas para localizar el camino de vuelta.

Llegó a la playa, que ahora le pareció algo más estrecha cuando las sombras de la noche comenzaban a adueñarse de la isla.

Sin pensarlo mucho, se metió en la barca y se curó los rasponazos con el contenido del botiquín que había encontrado allí. Luego se arropó con la manta que se hallaba también en el bote y no tardó en quedarse dormida.

Rita despertó en plena noche. Tuvo la sensación de que la barca se mecía, pero lo hacía tan suavemente y ella estaba tan cansada, que se acurrucó un poco más y siguió durmiendo.

Por la mañana abrió los dos ojos a la vez y se despertó de golpe: tenía mojados los pies, aquello no era un sueño.

¡Estaba entrando agua en la embarcación!

Rita no había tenido en cuenta los cambios de marea, y la marea alta había llevado el bote al mar durante la noche.

Por suerte para ella, la barca había encallado en las rocas que protegían la ensenada, y esto había evitado que fuera arrastrada mar adentro.

Pero el golpe había provocado que se abriera una pequeña grieta en el casco y, con el paso de las horas, se había convertido en una vía de agua.

Se estaba hundiendo.

Rita comprendió la gravedad del asunto, cogió las bolsas y abandonó la embarcación.

Dejó sus cosas en unas rocas altas y regresó a la barca para intentar rescatar los útiles de emergencia. El bote se hundía poco a poco, así que en ese segundo viaje Rita pudo rescatar, además de la manta, una cuerda, el botiquín, unas raciones de comida y un hacha que había en el bote.

En un segundo viaje intentó cargar con los remos, pero no pudo, y se conformó con desatar del todo la lona y llevarla consigo. Cuando llegó con ella al lugar donde había dejado el resto de las cosas, vio cómo el bote salvavidas se hundía definitivamente.

"Ahora no tengo más remedio que quedarme aquí y rogar que alguien venga a rescatarme", pensó, y fue llevando poco a poco todas sus pertenencias a la playa.

Cuando hubo terminado, se sentó en la arena y se puso muy triste. Pero entonces recordó las palabras de su madre: "No pienses tanto y vive el presente". Sí, su madre tenía razón. También en aquellas circunstancias lo mejor era afrontar las cosas y no venirse abajo.

Por lo que había comprobado el día anterior, la isla parecía desierta, pero había una parte que no había explorado. Antes de emprender esa tarea, pensó que lo que más le convenía era tener un lugar donde refugiarse y guardar sus pertenencias.

Su ropa estaba destrozada tras la expedición por la isla, así que miró en una de las bolsas que había subido al bote.

En ella iban algunos de los disfraces que habían comprado para la fiesta.

No habían encontrado tallas pequeñas para su hermano y sus amigos así que a ella le quedarían bien.

Se puso uno de conejo y luego comprobó las demás cosas que había en las bolsas.

Había una cantimplora, una navaja, un mechero, varios platos y cubiertos de plástico, cinta adhesiva, dos cazuelas, cuerda para tender la ropa, una linterna con pilas de recambio, varias pastillas de jabón y dos cajas de velas.

Además, había una bolsa llena de chuches, ya que uno de los niños iba a celebrar su cumpleaños al día siguiente.

Estaba hambrienta y, una vez hechas las comprobaciones del material, se dispuso a comer. Rita optó por tomar una de las raciones de comida que había encontrado en el bote. Y acertó.

Estaba muy débil y aquel alimento le era muy necesario para recuperar fuerzas. Luego buscó un lugar donde instalarse.

Después de inspeccionar los alrededores, escogió una loma que dominaba la playa y desde la que se tenía una amplia vista del mar. Desde allí podría ver un barco en el caso de que se acercara.

Rita trasladó sus cosas e intentó hacer una cabaña lo mejor que pudo.

A un lado se abría una pequeña cueva en una gran roca que la protegía del viento. Comprobó que la cueva no estaba habitada por ninguna fiera y la utilizó como almacén para sus pertenencias.

Pensó que era una pena no haber podido leer antes el libro de Daniel Defoe, pues de haberlo hecho, habría sabido cómo se las había apañado Robinson Crusoe para sobrevivir en su isla desierta.

Tampoco estaban allí las ranas sabias que vivían en el parque de su barrio y que ayudaban a los niños cuando iban a pedir consejo.

Al atardecer recogió algunos cocos que encontró para cenar y algunas ramas de palmera con las que se construyó un lecho bastante blandito.

Y así pasó Rita su segunda noche en la isla.

Los siguientes días los empleó en explorar la isla, que no era muy grande.

El lugar estaba desierto. Allí no parecía que viviera nadie a excepción de aves y unas cabras. Durante aquellas primeras jornadas, Rita pasaba muchas horas mirando al mar en busca de un barco. Pero ninguna embarcación pasaba por allí. Comenzó a llevar la cuenta de los días marcando sobre el tronco de un árbol una raya vertical por cada jornada transcurrida. Aquel fue su calendario.

No le faltaba el agua, pues en la isla había numerosos manantiales y riachuelos.

Comía algunas chuches de vez en cuando, pero sobre todo se alimentaba de las raciones que había encontrado en el bote y de los cocos que caían de los árboles. También comía algunos huevos que a veces cogía de los nidos. En ocasiones los cocía, pero también llegó a comerlos crudos.

Rita procuraba llevar una cierta disciplina y mantenerse activa para no pensar demasiado y conservar la moral alta.

Comenzaba los días haciendo deporte: siempre corría un rato y luego hacía un poco de entrenamiento. El resto de la jornada la ocupaba buscando comida o perfeccionando la cabaña.

En su particular equipaje, había encontrado dos disfraces además del de conejo: uno de mariquita, otro de princesa y el suyo de Batman. Y procuraba lavarlos y cuidarlos, pues no tenía más ropa.

Al principio lo pasó mal, pues sus manos no estaban acostumbradas a los trabajos manuales. Pero poco a poco fue adquiriendo resistencia y destreza con el hacha, y hasta construyó una pequeña empalizada alrededor de la cabaña.

Pasaban los días y Rita no hablaba sino consigo misma. No tenía un libro que leer para ahogar la soledad, ni papel donde escribir o dibujar para ahuyentarla.

Un día cayó un terrible aguacero, y una noche hubo una tormenta espantosa que le recordó el día del naufragio. El viento rompió algunos árboles y Rita, mojada y en plena oscuridad, tuvo que refugiarse en la cueva.

Tras la tormenta reparó los desperfectos.

Los días pasaban y Rita había agotado ya casi todas sus reservas de alimento. No tenía a nadie con quien compartir ni siquiera los ratos de silencio. Y aquello le pesaba como una losa en su estado de ánimo.

Se sentía cansada y muy sola.

Sin embargo, todo cambió una mañana.

Rita estaba haciendo *footing* vestida con el disfraz de mariquita.

Corría por un prado desde el que se divisaba
la pequeña ensenada cuando oyó algo: parecía
un motor.

Miró hacia la playa y vio cómo una
embarcación repleta de gente se acercaba a la costa.
Sintió que el pecho y las alas de su disfraz
se le llenaban de alegría. Gritó, pero estaba lejos
y los de la embarcación no parecían escucharla,
así que bajó lo más rápido que pudo a la playa.

—¡Han venido a rescatarme, y viene
un montón de gente! —decía Rita mientras corría
en busca de los que creía sus salvadores.

Estaba a punto de superar los últimos árboles
que la separaban de la playa, cuando una de las
antenas de su disfraz quedó trabada en una rama.
Eso la detuvo, y mientras intentaba desengancharla,
vio más de cerca la embarcación y a sus ocupantes.

No parecía una expedición de rescate, más
bien daba la impresión de que fueran ellos los que
tuviesen que ser rescatados.

Las personas de la barca tenían una expresión
triste y daban muestras de sentirse extenuadas.
Varios hombres gritaban, como si discutieran en una
lengua que ella no comprendía.

Todo aquello le extrañó un poco; así que Rita prefirió ocultarse tras el tronco de una gruesa palmera y observar desde allí a los recién llegados.

La discusión entre los hombres de la barca había subido de tono. Eran tres y uno de ellos se enfrentaba a los otros dos, mientras el resto de personas asistía a la escena con mirada ausente.

De repente, uno de los dos hombres pareció ordenar al otro que abandonara la embarcación.

Este le hizo caso y saltó al agua. Luego, la barca dio media vuelta y se alejó, mientras el hombre nadaba hacia la orilla empujando una bolsa.

La alegría inicial de Rita se había convertido en algo muy cercano al miedo.

No comprendía qué significaba aquello; lo único que tenía claro es que no habían venido a rescatarla y que ahora había alguien más en la isla.

Había leído alguna vez que los piratas tenían la costumbre de abandonar en islas desiertas a los marineros que los traicionaban, y no pudo evitar que esa idea invadiera su mente.

Rita siguió oculta, vigilando los movimientos de aquel hombre.

Después de descansar un rato en la playa, el desconocido se acercó hacia unas palmeras y cogió un coco que partió con un machete.

"Está armado", pensó Rita.

Luego, el intruso se internó en el bosque.

Rita lo seguía, ocultándose entre la maleza.

—¿Se puede saber por qué me sigues? –preguntó en voz alta el hombre.

Rita se puso pálida.

—Sé que estás ahí, detrás del árbol, te he visto desde el momento que he pisado la playa.

Ahora la niña se tiró al suelo bajo un matorral. No lo entendía, se había escondido muy bien, sin dejar su cuerpo de mariquita al descubierto.

Se le ocurrió una idea:

—¡Beeee…! –baló Rita.

—Tal vez estés como una cabra para ir vestida así; pero sé que eres un niño o una niña. Vamos, sal de ahí –respondió tranquilamente aquel extraño.

Como un relámpago, Rita se puso en pie en posición de combate:

—Sí, soy una niña, pero no pienses que me has atrapado. ¡En guardia! –dijo amenazante.

El individuo, un chico joven, le respondió tranquilamente:

—No me apetece pelear, estoy muy cansado. ¿Puedes explicarme qué haces aquí?

—¿Y tú? Yo llegué antes a esta isla –contestó Rita sin bajar la guardia.

—Iba de viaje, en esa barca, pero los tipos que la tripulaban decidieron subir el precio en medio del trayecto. Todos pagaron menos yo, así que como castigo me han abandonado aquí.

—Vaya, oí alguna vez en la radio que eso puede pasar y que lo mejor es denunciarlo a la agencia de viajes que organiza el viaje. Luego te devuelven el dinero –concluyó Rita más relajada.

—Creo que no podré reclamar nada a esos tipos. Es una agencia de viajes un poco especial.

—Me alegro de que seas un viajero y no un pirata. Ven, te invito a mi cabaña –le dijo Rita.

El joven, que se llamaba Amadou, acompañó a Rita, y esta le contó todo lo que le había sucedido hasta entonces.

—Esta isla es muy pequeña y no aparece en los mapas. Está muy al sur de las Islas Canarias. La tormenta y las fuertes corrientes te trajeron muy lejos, por eso no te han podido localizar los equipos de rescate que seguramente han enviado en tu busca –le dijo el joven.

Rita quedó muy sorprendida al oír aquello.

—¿Te apetece comer algo? –le invitó, ofreciéndole una bolsa de *krispis*, que era el último alimento que le quedaba.

—Gracias –respondió el chico–; no están mal estas chuches, pero si te parece bien y me ayudas, podemos ir de pesca o a cazar algo. Y, si me dejas que te eche una mano, tal vez podamos hacer algunas mejoras en la cabaña.

—Vale.

Amadou era muy hábil e inteligente, y tan solo con el machete, el hacha y

alguna herramienta
que traía consigo, construyó
una cabaña muy confortable.
También fabricó algunos muebles
y, utilizando unas cañas, instaló
una especie de tuberías, gracias
a las cuales tuvieron agua corriente y
también algo parecido a un ventilador.

No faltaba la comida,
pues Amadou conocía los frutos
comestibles que daban los
árboles de la isla, y era buen
cazador y pescador.
Lo cierto es que,
desde que llegó Amadou
a la isla, terminaron los días
de soledad y de penurias.
Entre los dos fue
surgiendo la amistad a medida
que trabajaban y pasaba
el tiempo.

—Debes de ser el mejor carpintero-cazador-
pescador de…

—Senegal, ese es el lugar de donde soy. Pero
no soy carpintero; hace unos meses terminé de
estudiar Químicas. Me gusta estudiar y conseguí
una beca. En el lugar donde vivo hay que saber hacer
muchas cosas para poder sobrevivir; la vida es
muy difícil.

A Amadou también le gustaban los animales y
conocía bien los que había en ese lugar. Capturaron
un loro al que llamaron Pepito y, por medio de
trampas colocadas junto a los senderos que abrían
las cabras en sus paseos, capturaron una de ellas. Así
tuvieron leche fresca todos los días para desayunar.

Amadou había dicho que en su viaje se dirigía
a Europa y, en un principio, Rita había pensado que
iba a hacer turismo.

Pero a medida que se iban conociendo mejor,
Rita se daba cuenta de que su amigo le ocultaba algo.

Una noche después de cenar, Rita, que esta vez
llevaba el disfraz de princesa, no pudo esconder más
su inquietud:

—Creo que somos amigos, Amadou, y entre
los amigos ha de decirse la verdad. Tú no eres un
turista, ¿verdad?

Amadou guardó silencio unos segundos. Sabía
que Rita tenía razón y siempre había pensado que
tarde o temprano iba a llegar el momento de esa
conversación.

—Voy en busca de trabajo.

—¿Vas a trabajar de químico en una empresa?

—No creo. Trabajaré de lo que encuentre.

—Tal vez mis padres puedan ayudarte.

—No, Rita, no quiero meteros en líos; es mejor que te olvides de ello.

—¿Por qué vas a meternos en líos? Tú me has ayudado y yo quiero ayudarte también. Si no llega a ser por ti, no sé qué habría sido de mí en esta isla.

—Mi situación no es legal, ¿entiendes? Soy un clandestino. Pero necesito ir allí y trabajar; mi familia es pobre.

Rita le miró sorprendida.

—Entonces… la barca en la que venías era una…

—En Europa los llamáis cayucos o pateras. Y sí, van llenas de gente que se marcha lejos de su tierra en busca de una vida mejor.

—Ya, pero eso no está bien, ¿no?

Amadou guardó silencio.

—Hay cosas difíciles de entender para todos. No lo digo porque seas una niña, yo tampoco lo comprendo. Necesito ir a Europa y necesito el dinero que gane con mi trabajo para poder vivir y para que mi familia también pueda seguir viviendo. Nunca he hecho daño a nadie y créeme, tampoco voy a hacerlo ahora.

—Te creo, Amadou, y te ayudaré cuando regrese –le respondió Rita.

Lo había dicho: regresar.

Era algo que había deseado desde el primer momento en que pisó la isla. Y aunque su vida había cambiado desde la llegada de Amadou, echaba de menos a su familia y añoraba estar de nuevo con ellos.

Su amigo adivinó sus pensamientos.

—Tienes muchas ganas de volver, ¿verdad?

—Sí.

—Eres muy valiente; muy poca gente habría sido capaz de sobrevivir como lo has hecho tú en esta isla. A mí también me gustaría reanudar el viaje.

Rita miró a Amadou con gesto de interrogación y este respondió a sus dudas:

—Como te he dicho, no soy un turista y estaba en aquella barca con idea de colarme en Europa. Para ello contacté con unos tipos que se encargan de organizar viajes de forma clandestina.

—¿Los hombres con los que discutías en la barca?

—Así es. Hablé con ellos en mi país y les pagué lo convenido por el pasaje. El día que me citaron embarqué junto al resto de personas que viste. Pero en pleno océano, en medio del trayecto, nos pidieron por finalizar el viaje el doble del dinero que habíamos pagado. Todos pagaron, pero yo me negué, y por eso me abandonaron en este lugar.

—¿No tenías dinero?

—Sí que lo tengo, pero no quise dárselo. Toda mi familia ha trabajado mucho para conseguirlo. Lo necesito para instalarme en Europa y lograr un trabajo, así luego podré ayudarlos yo. Mi familia depende ahora de mí.

—¿Por eso discutíais?

—Sí. Ellos sabían que tenía el dinero, pues me habían visto guardarlo cuando les pagué; pero no se atrevieron a quitármelo en la barca delante de todos. Por eso ellos volverán; sé que lo harán.

—¿Estás seguro?

—Sí; y esa puede ser nuestra posibilidad de abandonar la isla. Pero hay que tener cuidado, son tipos muy peligrosos. ¿Sabes cuántos días han pasado desde que llegué aquí?

—Siete –contestó Rita mirando su calendario.

—Entonces no tardarán en llegar; debemos prepararnos.

—Tranquilo, Amadou, te ayudaré. ¡Les daremos una buena! –exclamó Rita empuñando con fuerza la varita mágica de su disfraz de princesa.

Su amigo la miró muy serio:

—Rita, no debes arriesgarte, y cuando llegue el momento seguirás mis indicaciones. Esa gente no tiene escrúpulos.

—Pero yo… –intentó protestar ella.

—Debes hacer lo que yo te diga –le cortó Amadou.

—Está bien, está bien –aceptó Rita a regañadientes, y se fue a dormir con cara de malas pulgas y arrastrando la cola del vestido, mientras el loro Pepito repetía sin cesar: "Está bien, está bien".

Rita estaba enrabietada: Amadou era su amigo y seguramente le había salvado la vida, y ella quería también ayudarlo; pero él siempre rechazaba su ayuda. Por eso, aquella noche, cuando estaba tumbada en la cama, hizo una promesa:

—¡Te ayudaré, Amadou; aunque no lo quieras, te ayudaré!

Al día siguiente se levantaron temprano y comenzaron a prepararse.

Construyeron varias trampas. Amadou sabía
bien cómo hacerlo y Rita le ayudaba.

—¡Te ayudaré, Amadou, te ayudaré! –decía
una y otra vez el loro.

—Vaya. Gracias, Pepito –le respondía el joven.

—¡Qué cosas tiene este loro! ¡Se le ocurre cada
idea! –decía Rita intentando disimular.

Trabajaron muy duro; pero sin olvidarse
por ello de vigilar el horizonte.

Al finalizar el día, con un montón de trampas
colocadas, estudiaron a fondo el plan diseñado
por Amadou.

—Debemos atraerlos hacia las trampas
–explicó el joven–. Cuando estemos seguros de que
han caído en ellas, nos largaremos en su barca.

—De acuerdo.

—Mañana estarán aquí; es mejor que
comamos algo y descansemos.

Los dos amigos cenaron sin apenas hablar.

Sabían que, si todo salía bien, al día siguiente dormirían lejos de aquella isla. Si algo salía mal, su futuro sería muy incierto. Aquella noche apenas se oyó un ruido; todo era silencio. En la isla se respiraba el aire tenso anterior a la batalla.

El día amaneció claro, sin apenas nubes.

Rita, muy seria, se puso el traje de Batman.

Luego desayunaron muy callados junto a la orilla del mar.

—Buena suerte, Rita —le dijo Amadou dándole la mano.

—Buena suerte, Amadou —le contestó ella.

Y ambos se dirigieron a sus respectivos puestos, a la espera de que apareciera el enemigo.

El plan consistía, fundamentalmente, en que Rita permaneciera escondida sin hacer nada, mientras Amadou se encargaba de todo. Pero ella se había hecho una promesa a sí misma, y aquella niña era muy cabezota.

Pasaron las horas y los dos amigos seguían agazapados en sus puestos.

De pronto, se oyó el sonido de un motor.

¡Allí estaban! Amadou tenía razón: habían regresado… y con refuerzos.

Eran cinco. Un hombre gordo y con barba daba órdenes a los demás mientras se aprestaban a desembarcar.

Uno de los pillos quedó en la orilla al cuidado de la barca y los otros se acercaron por la playa.

Tal y como Amadou esperaba, los tipos se dirigieron hacia una de las sendas que se abrían entre la maleza. Pero Rita tenía otros planes: demostraría a su amigo que ella podía ayudarle; era casi cinturón marrón de taekwondo. Apretó los puños, salió a toda velocidad de su escondite y se aproximó a los malvados por la espalda.

Lo cierto es que cuando oyeron sus gritos de guerra y la vieron correr hacia ellos por la playa, se quedaron sorprendidos.

—¡Rendíos! –les gritó.

Pero correr por la arena con aquel disfraz no era fácil y, en un traspié, Rita tropezó con la capa y cayó de cabeza al suelo.

—¡Suéltame, granuja! –amenazó la niña al más alto de los hombres cuando este la cogió por la capa y la sostuvo en vilo.

—¡Ja, ja!, mirad lo que tenemos aquí... el murciélago patoso de las islas –se burló el hombre.

—¡Jua, jua, jua! –respondieron los demás con guasa.

—A ver, ¿quién eres tú y qué haces aquí? –le preguntó amenazador el jefe.

Rita le respondió desafiante:

—No te lo voy a decir, bellaco. Pero yo sí sé quién eres tú y lo que le haces a la gente. Me lo ha contado mi amigo Amadou. Tú y tu banda estáis perdidos, haré que os encierren.

—Así que Amadou es tu amigo, ¿eh?

—No te diré nada más, bribón.

—Ya me has dicho bastante, Batman
–le respondió con ironía el jefe de la banda.

Luego, dirigiendo su voz hacia el interior
de la isla, gritó:

—¡Amadouuu, tenemos a tu amiga la
superheroína! ¡Sal de tu escondite y danos el dinero
si quieres que no le pase nada!

—¡No salgas, Amadouuu, yo sola me basto
contra estos malvados! –gritaba también Rita
mientras intentaba zafarse del tipo que la tenía
sujeta.

Al cabo de un rato, Amadou apareció
en la playa.

—Por ahí viene, jefe.

—Vaya, nos volvemos a ver. ¿Traes el dinero?
–comentó el orondo rufián.

—No, lo tengo en la cabaña –respondió
el joven.

—De acuerdo, te acompañaremos a recogerlo.
La niña se quedará con mis hombres. Si intentas algún
truco, se la llevarán en la barca y no la volverás a ver.

Amadou no pudo evitar mirar a Rita con gesto
de enfado.

—Te dije que te quedaras quieta en tu puesto –le recordó con rabia.

—Je, lo siento, pensaba que podría con ellos –respondió Rita intentando disculparse.

—Vamos, nada de cháchara, en marcha –ordenó el gordinflón empujando a Amadou.

Pronto el grupo desapareció entre los árboles y Rita se quedó en la playa junto al hombre alto, no muy lejos del que estaba al cuidado de la barca.

Parecía que todo estaba perdido.

Sin embargo, de pronto se oyó una voz en la playa:

—¡Te ayudaré, Amadou, te ayudaré!

—¿Qué ha sido eso? –dijo inquieto el hombre que estaba junto a Rita.

—¡Te ayudaré, Amadou, te ayudaré! –volvió a decir la voz.

Sin poder ocultar su nerviosismo, el truhán avisó a su compañero:

—Hay alguien más en la isla; Batman y el muchacho no están solos. Vigílala, yo voy a avisar al jefe.

Y, dicho esto, abandonó la playa.

El granuja que se había quedado para vigilarla era el de mayor edad de todos.

—No te muevas si no quieres que te dé una paliza –le dijo amenazante antes de darse la vuelta para amarrar el bote.

Ahora Rita estaba sola: era su oportunidad.

Miró su traje de Batman para darse confianza
y, sigilosa como un vampiro y rápida como
un murciélago, se lanzó a la carrera en posición
de ataque.

Cuando el hombre se dio la vuelta,
se encontró con la bota de Rita en la cara.

Luego recibió otro golpe y otro más, mientras
alguien se sumaba a la pelea a los gritos de
"¡Te ayudaré, Amadou, te ayudaré!"

Era Pepito, que no dejaba de dar picotazos al
malandrín cada vez que este intentaba responder a
los golpes de Rita. La niña había podido coger
un trozo de un remo, y cuando lo tuvo cerca, le dio
un buen golpe en la cabeza.

El truhán quedó desmayado al instante. Rita, sin perder tiempo, subió a la barca y desde allí gritó lo más fuerte que pudo:

—¡¡Amadouuuu, tengo la barcaaaaa!!

Mientras ocurría todo esto, Amadou guiaba a los malhechores evitando los lugares donde estaban las trampas.

De repente, oyeron un grito de auxilio.

Parecía la voz del hombre que había quedado al cuidado de Rita.

—¡Sacadme de aquíííí! –gritaba.

—Tú, vete a ver qué ha ocurrido –dijo el jefe de la banda dirigiéndose a uno de sus secuaces.

El hombre se perdió en la espesura del bosque, pero al poco rato fue su voz la que pedía socorro.

"Otro que ha caído en una trampa", pensó Amadou.

—Maldita sea, aquí está ocurriendo algo raro –bramó el gordinflas.

Entonces, los dos malandrines y Amadou oyeron la voz de Rita llamando a su amigo.

—¡Llévanos de una vez al campamento, luego le daremos su merecido a esa niña! –le ordenó nervioso el jefe de la banda.

—De acuerdo –respondió el joven.

Esta vez Amadou se dirigió directamente hacia una de las trampas y cuando estaba a punto de pisarla, dio un salto alejándose varios metros del lugar.

Cuando los dos granujas quisieron darse cuenta de lo que ocurría, ya habían pisado el cebo y colgaban atrapados en una red hecha con lianas.

Amadou corrió al campamento para coger sus cosas y las de Rita, y luego se dirigió a la playa.

—¡Lo has conseguido! –le dijo dando un abrazo a su amiga cuando llegó hasta ella.

—Lo hemos conseguido –le respondió Rita.

Amadou arrancó el potente motor de la embarcación y la condujo hacia la entrada de la ensenada.

—Pepito, vamos –gritó Rita, al ver que el loro se quedaba en la playa.

Pero el ave no se movía. Allí quieta, sobre un palo, parecía despedirse de sus amigos:

—¡Crrrr, Rrrrrrrrrita! ¡Te ayudaré, Amadou!

—Pepito prefiere quedarse aquí, este es su hogar –le dijo su amigo.

Su hogar, ese era el lugar al que al fin se dirigía Rita.

Pronto el motor comenzó a rugir con toda su potencia, y poco a poco se alejaron de la isla hasta que esta desapareció en el horizonte.

El viaje fue duro y cansado.

Amadou no abandonaba en ningún momento su puesto al timón de la barca, que avanzaba a gran velocidad.

Al anochecer, Rita se sentía muy cansada.

—Amadou, me voy a dormir –dijo cogiendo una manta.

Entonces, su compañero se acercó a ella y, conmovido, le dio un abrazo.

—Soy tu amigo, Rita, siempre lo seré.

—Yo también, Amadou –le respondió esta un tanto sorprendida al verle llorar–. Despiértame luego para hacer una guardia durante la noche, ¿vale?

Solo recibió como respuesta la mirada profunda y melancólica de su amigo.

El joven le había dicho que conduciría la barca por las rutas más frecuentadas por los barcos, con el fin de pedir auxilio.

Pero lo cierto es que había ido por los lugares menos transitados evitando ser vistos.

Él sabía que no estaban lejos de la costa de Cádiz y que llegarían allí en pocas horas. Por eso estaba tan emocionado, y por eso se había despedido así de Rita.

Cuando la embarcación se acercó a la costa, era noche cerrada y Rita dormía un sueño muy profundo.

La despertó una voz metálica.

Creía que estaba soñando, pero ahora no sentía el movimiento de la barca.

Su mente abandonó el mundo de los sueños y comenzó a entrar en el de la razón.

Cuando abrió los ojos, aún era de noche y a su lado estaba un hombre de uniforme que la tapaba con una manta de color de plata.

—Se está despertando –dijo otro de los policías. Luego habló por la radio del coche y la voz metálica le contestó al momento.

—¿Estás bien, pequeña? –le preguntó el agente que estaba a su lado.

—Sí –contestó Rita.

Se encontraba en el pórtico de una ermita y estaba tapada con la chaqueta del chándal de Amadou.

Él, sin embargo, no estaba allí.

—Alguien nos ha llamado diciendo que te encontraríamos aquí –le comentó el agente.

Estaba amaneciendo y ahora notaba el frío de esas horas del día, lejos de la suavidad del clima tropical.

Tampoco los olores que su nariz de chica-murciélago percibía eran los mismos a los que se había acostumbrado en la isla.

Había regresado.

—Me llamo Rita –dijo ella levantándose el antifaz.

—¡Ese es el nombre de la niña que desapareció hace días en el crucero! –exclamó asombrado el más joven.

—Sí, soy yo.

El más veterano la cogió en brazos y la subió al coche.

—Tranquila, ya estás en casa –le dijo.

Horas más tarde, Rita contó a los agentes y a sus superiores todo lo que le había pasado, y contestó a sus preguntas.

—¿Y no sabes dónde puede estar tu amigo?

—No.

—En su caso seguramente podríamos ayudarlo.

—Amadou es muy cabezota; no le gusta que lo ayuden. Ya les he contado lo que ocurrió en la isla.

—¿Es un buen chico?

—Sí, es el mejor; es mi amigo, siempre lo será –respondió ahora Rita.

En ese momento se oyó el sonido de un claxon fuera.

—Son tus padres –le anunció con una sonrisa uno de los agentes.

Rita corrió hacia la puerta.

—¿Te has fijado en el disfraz de la chavala? –le dijo el más joven a su compañero.

—Es chulo, ¿eh?

—Ya te digo. Podríamos salir disfrazados así en los próximos carnavales –le contestó el otro.

—De acuerdo, tú te encargas de comprar los trajes.

—Oh, no, ni hablar de eso; además, a mí no me gusta comprar los disfraces…

Y mientras los dos agentes discutían amigablemente, al otro lado de la sala Rita y sus padres se abrazaban muy fuerte.

Dos días más tarde la policía recibió una llamada anónima dando la posición exacta de una isla en el océano Atlántico. El comunicante contó que en aquel lugar encontrarían a los componentes de una banda que se dedicaba a explotar a las personas que trasladaban de modo ilegal a Europa. La policía pudo corroborar todas estas informaciones cuando llegó a la isla. Rita regresó feliz a su casa junto a su familia.

No volvió a ver a Amadou. Aunque tal vez en el futuro…